'95

VOLKER MICHELS

Auf den Einzelnen kommt es an!

ZUR AKTUALITÄT VON
HERMANN HESSE

mit Porträts des Dichters
von Hardy Cole

editionfaust

Ist es mehr als ein Gerücht, dass Hermann Hesse tot sei, und das nun bereits seit einem halben Jahrhundert? Ich glaube kein Wort davon. Denn lebendiger kann man nicht sein als dieser Dichter, dessen Werke mittlerweile in mehr als 70 Sprachen übersetzt und weltweit in mindestens 150 Millionen Exemplaren verbreitet sind.

Zugegeben, es wäre vergeblich, den leibhaftigen Autor heute noch zu suchen. Doch sein körperliches Ende ist noch lange kein geistiges, wie es uns die Wettermacher des Kulturbetriebs hierzulande seit jeher weiszumachen versuchen, weil er ihnen noch nie in den Kram gepasst hat, seit er bereits 1912, zwei Jahre vor dem Ersten Weltkrieg, als erster freiwilliger Emigrant das militante und auf kolonialistische Expansion bedachte Deutschland des selbstherrlichen letzten Kaisers für immer verließ und allem, was dort künftig politisch geschah, den Rücken gekehrt hat. Beliebt wird man dadurch nicht bei den jeweiligen Machthabern und muss es in Kauf nehmen, als Außenseiter, wenn nicht gar als Vaterlandsverräter fallengelassen zu werden. Denn honoriert werden vor allem die Mitläufer, die aber dann ebenso rasch wieder untertauchen, sobald sich die Windrichtung des jeweils angesagten Zeitgeistes ändert.

Nicht so Hermann Hesse, der, nun schon seit über 100 Jahren von jeder jungen Generation neu entdeckt, sich zeitlebens allen Verlockungen politischer Vereinnahmung widersetzte, weil er nur seinem eigenen inneren Kompass vertraute, sei es auch um den Preis, dafür als Spielverderber ausgegrenzt zu werden. Selbst der Nobelpreis änderte daran wenig, den er wie alle Auszeichnungen, die daraufhin plötzlich auch in Deutschland folgten, nicht selbst entgegennahm, weil ihm alles Offizielle und Repräsentative zuwider war und er sich, wie er sagte, dabei vorgekommen wäre »wie ein kostümierter Affe«.

Er mochte der Verlegenheit, mit der sich die offizielle Welt den inoffiziellen Leistungen gegenüber durch Preise und Festivitäten erwehrt, nicht auch noch Vorschub leisten. Wer sich allen noch so gut gemeinten Vereinnahmungsversuchen seitens der Öffentlichkeit widersetzt, muss sich nicht wundern, wenn auch der Kulturbetrieb sich ihm entzieht. So war sein Tod, als er 1962 starb, der deutschen Presse kaum mehr als eine Fußnote wert, verglichen mit dem rätselhaften Ende der etwa gleichzeitig verstorbenen Schauspielerin Marilyn Monroe.

Sind doch Klatsch, Sensation und Sexappeal die eigentlichen Prioritäten unserer Medien. Die damaligen Nachrufe auf Hesse dagegen gipfelten in der Prognose, dass mit diesem anachronistischen und weltfremden »Autor des individuellen Katzenjammers« (»Süddeutsche Zeitung«, München) in Zukunft »kein Blumentopf« (»Die Zeit«, Hamburg) mehr zu gewinnen sei.

Doch da hatte man die Rechnung ohne den Wirt gemacht. Denn schon fünf Jahre später wendete sich das Blatt, als im Verlauf des Vietnamkriegs der USA eine junge Generation von Kriegsgegnern ihre Einberufungsbefehle und Wehrpässe verbrannte und unter der Devise »Make love, not war!« sich auf Hermann Hesse berief und es immerhin erreichte, dass 1973 in Amerika die Wehrpflicht abgeschafft werden musste. Das wird leider stets unterschlagen, wenn von der Protestgeneration der Hippies mit ihrem Hang zum Konsum psychedelischer Drogen die Rede ist, einer Konfliktflucht, die Hesse nie toleriert hat. Als ob politische und persönliche Probleme durch Psychopharmaka lösbar wären! Dass der amerikanische Psychologieprofessor Timothy Leary sich auf die Romane »Siddhartha« und »Steppenwolf« glaubte berufen zu können, um seine Drogenexperimente mit einem Nobelpreisträger als Alibi zu legitimieren, war eines der verhängnisvollsten Missverständnisse der dortigen Hesse-Rezeption. Ist doch nirgendwo in Hesses Schriften und schon gar nicht im »Siddhartha« von Drogen die Rede, es sei denn im »Steppenwolf«, wo Harry Haller vom Saxophonspieler Pablo durch eine geheimnisvolle Tinktur und Zigarette animiert wird, das »Nur für Verrückte« bestimmte »Magische Theater« seines Unterbewusstseins kennenzulernen.

Die Wellen, die dieses Phänomen rund um den Globus auslöste, schwappten auch zurück nach Europa und veranlassten Hesses deutschen Verlag Suhrkamp, sich plötzlich genauer für den Nachlass des Dichters zu interessieren, wobei sich herausstellte, dass fast alle seine journalistischen, politischen und kulturkritischen Schriften, mit welchen er in etwa 60 verschiedenen Zeitungen und Zeitschriften das zeitgenössische Kulturleben begleitet hat, noch nie in Buchform erschienen waren, Beiträge, die das Zeitgeschehen seit der Jahrhundertwende auf ebenso unterhaltsame wie vorausblickende Weise kommentierten, nicht ohne dabei unserem Eurozentrismus einen Dämpfer zu verpassen. So konnte zunächst in zahlreichen Themenbänden und schließlich mit der 2005 abgeschlossenen zwanzigbändigen ersten Gesamtausgabe dieses überraschend ergiebige Material reaktiviert und damit sein vordem greifbares schriftstellerisches Werk um etwa 7000 Seiten verdoppelt werden.

Hinzu kamen Hesses gleichfalls fast unbekannte bildnerische Arbeiten, mehr als 3000 Aquarelle und Zeichnungen, von deren Vielfalt und expressivem Reiz zu seinen Lebzeiten wohl niemand eine Vorstellung hatte, weil er auch davon kein Aufhebens gemacht hat.

Umgeben, wie wir sind, von Möchtegernen, war er das Gegenteil von einem Hochstapler, also ein Mensch, der seine Verdienste eher verkleinert als sie herausgestellt hat, ein wahrer Exot in Zeiten wie heute, wo die Banken nicht vorhandene Ressourcen in Milliardenhöhe verzocken in einem Finanzsystem, das sich auf unsere Kosten vorwiegend über Schulden finanziert. Freilich gab es für Hesses Selbstdarstellungsaskese auch sachliche Gründe.

Denn schon zu Lebzeiten war das Echo auf seine Bücher dermaßen lebhaft, dass sie ihm mehr als 40.000 Leserbriefe eintrugen, die zu beantworten ihm eine schier unerträgliche Last war, eine Zumutung, der er sich aber dennoch unterzog, nicht nur weil er sich für die Wirkung seiner Bücher verantwortlich fühlte, sondern weil, wie er sagte, »heute die Vernunft nicht mehr dort anzutreffen ist, wo die politische Macht liegt«, sondern »ein Zustrom von Intelligenz und Intuition aus nichtoffiziellen Kreisen stattfinden muss, wenn Katastrophen verhindert oder gemildert werden sollen«.[1] Auf den Einzelnen und die subversive Gegensteuerung der Nonkonformisten kam es ihm an, und in seinen Lesern sah er solche Einzelne.

Hätte er nun neben seinen Dichtungen, den Romanen, Erzählungen und seiner Lyrik, auch noch all jene journalistischen Artikel, die essayistischen, politischen und zeitkritischen Veröffentlichungen zusammengefasst, dann wäre die Postflut und die Sozialarbeit ihrer Beantwortung ins Unermessliche gestiegen und hätte seinen eigentlichen dichterischen Plänen vollends den Garaus gemacht. Auch das mag ein Grund gewesen sein, zu Lebzeiten auf ihre Präsentation in Buchform zu verzichten.

In den letzten Jahrzehnten sind nun auch alle diese vordem nur schwer erreichbaren Texte zugänglich geworden und haben erheblich dazu beigetragen, Hesses Popularität auch hierzulande zu steigern. So hat sich die Auflage seiner Bücher seit seinem Tod im deutschen Sprachraum versechsfacht gegenüber den vier Millionen, die zu seinen Lebzeiten hier ausgeliefert worden sind. Von dem damit verbundenen inhaltlichen Zugewinn haben unsere Medien freilich noch kaum Notiz genommen. Ihre Bewertungen bedienen sich nach wie vor der überlieferten Innerlichkeitsparolen aus den fünfziger Jahren. Und so gibt es wohl keinen Autor des 20. Jahrhunderts, der im Verhältnis zu seiner weltweiten Verbreitung und seiner Akzeptanz beim Publikum in der Wahrnehmung unserer Meinungsmacher dermaßen vernachlässigt, um nicht zu sagen bagatellisiert wird wie Hesse.

Bei keinem anderen Autor klafft die Schere zwischen Popularität und offizieller Wertschätzung so weit auseinander. Gewiss, die Verbreitung seiner Bücher kann man inzwischen nicht mehr bestreiten, aber dann nicht selten mit dem hochnäsigen Zusatz, dass ein Dichter, der so erfolgreich ist, ja nur Trivialliteratur produziert haben könne. Das sind die Fertigteile, mit denen man sich hierzulande auch heute noch um eine inhaltliche Auseinandersetzung drückt. Über Marcel Reich- Ranicki, den Wortführer solcher Überheblichkeiten, und die Methoden, mit denen er mehr als vier Jahrzehnte in

Deutschlands meinungsbestimmenden Blättern Hermann Hesse verächtlich zu machen versuchte, weil er es nicht ertragen konnte, dass die Breitenwirkung Hesses im Begriff ist, diejenige seines Favoriten Thomas Mann zu übertreffen, hatte ich kürzlich in einem Erfahrungsbericht Auskunft zu geben.[2] Hesse mochte das alles vorausgeahnt haben, als er das folgende Scherzgedicht schrieb:

»Wer innerhalb gewisser Grenzen
Die edle Poesie betreibt,
Bedenkt oft nicht die Konsequenzen,
Die er auf sich hernieder schreibt.«[3]

Aber ein Autor wie Hesse hat diese Eintagsfliegen zum Trotz allemal mehr Zukunft als Vergangenheit.

»Eigensinn macht Spaß.«[4] Dieser Wink stammt aus einer der vielen Tausend Antworten dieses Dichters auf Briefe von Lesern, die nach der Lektüre seiner Bücher solches Vertrauen zu ihm gefasst hatten, dass sie ihm schrieben und ihn um Rat in ihren eigenen Lebensproblemen fragten. Und wie ein Leitmotiv durchzieht denn auch der Eigensinn sein Leben und Werk. Denn Eigensinn ist das Gegenteil von Anpassung, er kann als mutwillige Aufsässigkeit, als trotziger Starrsinn oder als störrische Rechthaberei auftreten, und in diesem Sinne, also zumeist negativ, wird dieser Begriff in der Regel ja auch gebraucht. Eigensinn kann aber auch in der ursprünglichen Bedeutung des Wortes vorkommen, der Hesse wieder zu ihrem Recht verhelfen wollte: als Mut zur Eigenständigkeit, als abenteuerliche Expedition zu uns selbst, als Erforschung und Entfaltung unserer persönlichen Anlagen – wenn es sein muss, im Widerstand gegen den Konformitätsdruck von außen, um das bewahren und realisieren zu können, was uns ausmacht: nämlich das in jedem Menschen unterschiedliche und ganz unverwechselbare Potential, welches die Biologen als den genetischen Code bezeichnen. Denn einen Menschen wie Sie und mich hat es vorher noch nie gegeben und wird es auch nicht mehr geben. Die Natur kennt keine Kopien. Jeder von uns ist ein Original.

Mitten im Ersten Weltkrieg, der 17 Millionen Menschen das Leben kostete, schrieb Hesse in seiner Erzählung »Demian«: »Was das ist, ein wirklich lebender Mensch, das weiß man heute weniger als jemals, und man schießt denn auch die Menschen, deren jeder ein kostbarer, einmaliger Versuch der Natur ist, zu Mengen tot … Jeder Mensch aber ist ja nicht nur er selber, er ist auch der einmalige, ganz besondere, in jedem Fall wichtige und merkwürdige Punkt, wo die Erscheinungen der Welt sich kreuzen, nur einmal so und nie wieder. Darum ist jedes Menschen Geschichte wichtig, ewig, göttlich, darum ist jeder Mensch, solange er irgend lebt und den Willen der Natur erfüllt, wunderbar und jeder Aufmerksamkeit würdig. In jedem ist der Geist Gestalt geworden, in jedem leidet die Kreatur, in jedem wird ein Erlöser gekreuzigt.«[5]

Nie hätten Hesses Vorfahren und Eltern, die ja protestantische Theologen waren und die es als Missionare bis nach Indien getrieben hat, wo auch die Mutter des Dichters geboren ist, nie hätten sie solch einen Vergleich toleriert. Nie hätten sie das ebenso eigenständige wie kosmopolitische Welt- und Menschenbild akzeptieren können, zu dem Hesse im Widerstand gegen die allein seligmachende Enge des damals noch ganz obrigkeitshörigen Christentums vorgedrungen ist.

Die Reibung mit dieser Herkunft steht denn auch am Anfang seiner Entwicklung. Schon ab seinem 13. Lebensjahr wusste Hesse, dass er »entweder ein Dichter oder gar nichts werden wollte«.[6] Die Eltern aber hatten ganz andere Pläne mit ihrem Sprössling, nachdem er mit gutem Ergebnis das Württembergische Landexamen bestanden und somit die Berechtigung zu einem kostenlosen Studium der Theologie erworben hatte. Was lag da näher, als dass auch er die Familientradition fortsetzen und wenn schon nicht Pastor werden, so doch wenigstens den damals größten deutschen Missionsverlag weiterführen sollte, den der Großvater und nach ihm seine Eltern geleitet hatten?

Mit der Flucht aus dem Theologischen Seminar widersetzte sich der Vierzehnjährige diesen Plänen, wurde daraufhin in ein Sanatorium geschickt, wo ihm der Teufel seines Eigensinns ausgetrieben werden sollte. Vergeblich. Nach einem missglückten Versuch, sich das Leben zu nehmen, landet er bald darauf in einer Heilanstalt für Schwachsinnige und Epileptische. »Leb wohl, du altes Elternhaus / Ihr werft mit Schande mich hinaus«, reimt er damals. »Zum Teufel geht die Freiheit auch, / Sie war ja immer höchstens Rauch … / Ich werd ins Irrenhaus geschickt, / wer weiß, ich bin wohl gar verrückt!«[7]

Wir kennen die weiteren Stationen des dornenreichen Hindernislaufes, den es zu absolvieren galt, bis Hesse endlich als Buchhändlerlehrling im Alter von 21 Jahren auf eigene Kosten sein erstes Gedichtbuch »Romantische Lieder« veröffentlichen konnte. Ich erwähne diese dramatischen Anfänge nur, weil sie die Emanzipationstendenz in Hesses Büchern erklären und etwas von der Unterdrückung zeigen, die seine künftige Sympathie mit den Opfern jeder Bevormundung verständlich machen. Sein lebenslanger Widerstand gegen die Vergewaltigung individueller Eigenart, sei sie nun religiös oder politisch, der sein Werk durchzieht, die Bestärkung der Leser in dem, was sie von den Normen trennt, erklärt sich daraus,

aber auch seine Neugier auf alle Kulturen mit größerer Toleranz und mehr Respekt vor der Vielfalt der Lebensformen, wie z. B. diejenigen Asiens.

In seinem ersten Roman »Peter Camenzind« hat er 1903 der beginnenden Industrialisierung, dem Merkantilismus und der Militanz des deutschen Kaiserreiches ein naturverbundeneres Lebensmodell entgegengesetzt. Das Buch war ein Aufbegehren gegen die Einäugigkeit des Fortschritts, gegen die Versklavung des Lebens durch Stechkarte und Stoppuhr. Die vielgerühmten Vorteile der Mechanisierung und der angebliche Gewinn an Zeit, den unsere Rationalisierungstechnologie brachte, waren Hesse schon damals nicht geheuer, weil ja der ganzen Betriebsamkeit und Beschleunigung kein Gewinn an Lebensqualität entsprach. Es sei, schrieb Hesse 1907 in einem Brief, »mit den Maschinen wie mit allem, die paar guten und freien Menschen werden gefördert, aber den Millionen Lumpen wird ihr Betrieb ebenfalls erleichtert«.[8] Ihr neuestes Eldorado ist mittlerweile ja das Internet ... Schon damals schienen ihm die wenigsten seiner Zeitgenossen der inneren Mündigkeit gewachsen, die der technische Fortschritt verlangt, der auch die Skrupellosen in die Lage versetzt, ihre Ziele rascher zu erreichen. Und so zielt sein ganzes Werk auf eine Festigung der Persönlichkeit, um uns tauglich für die Verantwortung zu machen, welche die technologischen Errungenschaften den Menschen abverlangen.

Es gibt Zeitgenossen, die das für romantisch und überholt halten. Es ist, scheint mir, so unzeitgemäß wie ein blühender Baum in einem zubetonierten Ballungszentrum ... Dabei war Hesse durchaus kein Feind der Technik und der Neuerungen. Als einer der ersten Autoren bediente er sich der Schreibmaschine und erprobte, als es noch ein Wagnis war, ab 1911 die ersten Flugzeuge und seit 1916 als einer der ersten

Dichter auch die Methoden der Psychoanalyse, die damals ja noch in ihren Anfängen steckte.

In seinem zweiten Roman »Unterm Rad« rechnet er ab mit dem autoritären Schulsystem seiner Zeit: der vormilitärischen Anpassungs- und Wettbewerbsdressur, bei der ein sensibler und begabter Schüler in den Tod getrieben wird. Dieses Buch ist heute in Japan sein populärstes, wo Hesse übrigens nach wie vor der beliebteste europäische Autor ist und seine Bücher in mehr als 20 Millionen Exemplaren verbreitet sind. Warum? Weil in Japan, wo die Kinder schon vom Vorschulalter an uniformiert und bis ins Berufsleben hinein einem unmenschlichen Selektionsdruck ausgeliefert werden, die Schülerselbstmordrate am höchsten in der Welt ist.

Fast ebenso groß ist die Nachfrage in Korea, wo dieser Autor inzwischen so viel gelesen wird, dass allzu geschäftstüchtige Verleger unter seinem Namen Bücher veröffentlichen, die gar nicht von ihm stammen.

Bei Hesse finden junge Menschen Verständnis für ihre Konflikte, weil er sie aus ganz ähnlichen Erfahrungen heraus bestärkt und ihnen Mut und Selbstvertrauen zu einem eigenen, nichtkonformistischen Weg gibt.

Auch ein Teil der Wirkungsgeschichte von Hesses Büchern hängt damit zusammen. Nicht ohne Grund haben sie immer nach Kriegen, in Zeiten des Wertezerfalls und der Neuorientierung Renaissancen erlebt. Das mag mit den vielen lebensbedrohlichen Krisen zusammenhängen, die sein übersensibles Naturell anzog wie ein Blitzableiter die Elektrizität und die er nur, wenn er sie ausdrückte, meistern und ihnen ein positives Ende abgewinnen konnte. So sind seine Bücher zunächst eine Art Autotherapie, Selbstheilungsversuche von den Zumutungen des Lebens und der Zeitgeschichte, Gegengifte, deren befreiende Energien sich auch auf die Leser übertragen, zumal Hesse dabei auch gegen sich selbst unnachsichtig vorgeht und falsche Harmonisierungen meidet.

Der Leidensdruck, unter dem nicht wenige seiner Dichtungen entstanden sind, befähigte ihn, das Schwierige einfach zu sagen und das Komplizierte verständlich darzustellen. Und weil die Entwicklung des Eigensinns, der individuellen Anlagen, der Selbstfindung, Selbstbehauptung und Selbstverwirklichung in der Jugend die größte Rolle spielt, ist es kein Wunder, dass mehr als die Hälfte seiner Leser der Altersgruppe zwischen 14 und 35 Jahren angehört, gefolgt von Lesern im Rentenalter, während die Generation der Berufstätigen, also das sogenannte Establishment, nicht annähernd sosehr ins Gewicht fällt. Denn offenbar stört dieser Autor beim Geldverdienen. Es ist schon ein merkwürdiges Phänomen: Solange wir noch jung und voller Ideale sind, lesen wir diesen Dichter, während viele nichts mehr mit ihm anfangen können, sobald sie berufstätig sind, sobald Ideale zu Karrierekillern werden können – um dann aber merkwürdigerweise wieder als Rentner, wenn sie ihre Wettbewerbs-Mimikry hinter sich haben, erneut zu Autoren wie Hesse und den guten Vorsätzen ihrer Jugend zurückzufinden.

Wer eigensinnig ist und sich der Gruppendynamik widersetzt, wer sich weigert, dem Mainstream zu folgen, der wird schnell zum Außenseiter. Und unfreiwillige Outsider sind sie ja fast alle, die Sympathieträger in Hermann Hesses Erzählungen und Romanen. Es sind Sonderlinge und Abgeschobene wie der Straßenfeger »Garibaldi«, »Der Hausierer« oder die Insassen des Altersheims »In der alten Sonne«, Verfolgte wie »Der Wolf« oder »Klein und Wagner«, Vaganten wie der Landstreicher »Knulp«, unglücklich Verliebte wie »Hans Amstein«, der »Lateinschüler« oder der Musiker Kuhn im Roman »Gertrud«, aus irgendeiner Not kriminell Gewordene wie der Friseurgehilfe »Ladidel«, der Kaufmannslehrling »Emil Kolb« oder der »Pater Matthias«. Es sind Abenteurer wie Casanova, »Berthold« und Goldmund. Es sind an ihrer Zeit und sich selbst Verzweifelnde wie »Der Steppenwolf« oder auch Neuerer wie »Der Waldmensch«, »Demian« und der Maler Klingsor. Es sind Weltverbesserer wie »Franz von Assisi«, »Doktor Knölge« und »Robert Aghion«, viele davon Menschen, die mit ungewohnten Existenz- und Glaubensformen experimentieren.

Das Erlebnis, in Hesses Büchern Erfahrungen, Regungen und Antriebe ausgesprochen, bestätigt, legitimiert und ermutigt zu finden, die man sich oft kaum einzugestehen wagt, weil sie uns in Konflikt bringen mit den Erwartungen unserer an schnellstmöglicher Rentabilität orientierten Gesellschaft, hat etwas Befreiendes. Vom frühen Roman »Peter Camenzind« bis hin zum Alterswerk »Das Glasperlenspiel« spiegeln Hesses Bücher auf unterschiedlichste Weise den Zuwachs an Lebensintensität, aber auch die Konflikte, die sich aus solch einer eigenständigen Haltung gegenüber den Herausforderungen und Anpassungszwängen der Zeitgeschichte ergeben. Entweder werden sie direkt thematisiert wie in »Unterm Rad«, »Demian«, »Kurgast«, »Die Nürnberger Reise« und »Der Steppenwolf«, oder sie heben sich ab von der deprimierenden Gegenwart durch Entwürfe von Gegenwelten wie in »Peter Camenzind«, »Knulp«, »Siddhartha«, »Narziß und Goldmund« und »Das Glasperlenspiel«. Indem er dort zeigt, wie es sein könnte, weckt er die Sehnsucht, es so werden zu lassen.

Doch ob Hesse die Probleme nun auf zeitkritische oder auf scheinbar der Zeit enthobene Weise angeht, ob er sie direkt beim Namen nennt oder erst durch den Kontrast von Alternativen durch Aussteiger und neue pädagogische Modelle sichtbar macht, überall finden seine Leser eine Stärkung des Individuellen.

»Wir müssen nicht hinten beginnen«, heißt es unmittelbar nach dem Ersten Weltkrieg in seiner politischen Flugschrift »Zarathustras Wiederkehr«, »bei den Regierungen und politischen Methoden, sondern wir müssen vorn anfangen, beim Bau der Persönlichkeit, wenn wir wieder Geister und Männer haben wollen, die uns Zukunft verbürgen.«[9]

Damals war er so ernüchtert von der Unbelehrbarkeit der Machthaber, dass er im Januar 1919 schrieb: »Staat ist Staat und Politik ist Politik und beide taugen nichts und sind beschissene Einrichtungen ... Sie sind da, um uns und den Geist zu knebeln, damit er es nicht zu leicht habe. Ob als Oberhanswurst ein Kaiser an der Spitze reitet oder sonst jemand, ändert wenig daran.«[10]

Nach Hesses Erfahrung ist der ärgste Feind und Verderber der Menschen der aus Denkfaulheit und Ruhebedürfnis kommende Drang nach dem Kollektiv, nach Gemeinschaften mit absolut fester Dogmatik, sei diese konfessionell oder politisch. Denn sie hindern uns daran, auf eigenen Beinen zu gehen statt auf Schienen. Deren Richtung aber ist bei jedem Menschen anders, weil jeder von uns über eine andere Mitgift von Talenten oder, naturwissenschaftlich gesagt, über einen anderen, unterschiedlichen Cocktail von Chromosomen, von Begabungen und Möglichkeiten verfügt. Und dieses Potential zu mobilisieren und auszuschöpfen hält Hesse für unsere Chance und Aufgabe. Wirklichen Fortschritt gibt es für ihn immer nur da, »wo der Mensch das tut, wozu er da ist, was seine Art von ihm fordert, was er darum gut und gerne tut.«[11] ... »Alle Dinge, die man gegen sein Gefühl und inneres Wissen tut, sind nicht gut und müssen früher oder später teuer bezahlt werden.«[12] ... »Ein Mensch«, sagt er, »dem es im Leben wohl ist, und der sich in Harmonie mit der Welt fühlt, ist für die Welt bekömmlicher als ein missvergnügter Streber.«[13] So kann er seinen Briefschreibern immer wieder nur zurufen: »Sagen Sie Ja zu sich, zu Ihrer Absonderung, Ihren Gefühlen, Ihrem Schicksal! Es gibt keinen anderen Weg. Wohin er führt, weiß ich nicht, aber er führt ins Leben, in die Wirklichkeit, ins Brennende und Notwendige ... ihm entgehen durch Verrat am eigenen Schicksal und Sinn, durch Anschluß an die ›Normalen‹, das können Sie nicht. Es würde nicht lange gelingen und größere Verzweiflung bringen als die jetzige.«[14] »Leben Sie dem Drang Ihres Herzens nach. Es ist der beste Weg. Was gut und was schlecht ist, weiß ich nicht, es ist mir immer zweifelhafter geworden. Gut ist der Mensch, wenn zwischen seinen Anlagen und seinem bewussten Leben Harmonie herrscht, andernfalls kann er böse und gefährlich werden«,[15] schreibt er 1919.

Wie man sieht, weigert sich Hesse, Rezepte und Richtlinien zu geben. Denn jeder Fall liegt anders. – Allenfalls gibt er Hilfen zur Selbsthilfe. Vor Führern und Leithammeln wird immer wieder gewarnt, auch wenn er sich selber in diese Rolle gedrängt fühlt. So zum Beispiel im Oktober 1928, wo er erwidert: »Gerade das, was sie bei mir suchen und von mir wollen, kann ich nicht geben. Ich bin kein Führer und will und darf keiner sein. Ich habe durch meine Schriften zuweilen jungen Lesern dazu gedient, bis dahin zu kommen, wo das Chaos beginnt, das heißt, wo sie allein und ohne helfende Konventionen dem Rätsel des Lebens gegenüberstehen. Für die meisten ist schon das eine Gefahr, und sie kehren denn auch wieder um und suchen neue Anschlüsse und Bindungen.«[16]

So hat er auch für Hesse-Fans wenig übrig, wie aus einer Antwort vom Oktober 1951 hervorgeht: »Was mir an einem Glauben wie dem Ihren nicht ganz gefällt, ist die Einseitigkeit, mit der Sie ihn an meine Person und meine Schriften knüpfen. Denn dieselben Wahrheiten sind überall, durch alle Zeiten und Literaturen von einer geistigen Oberschicht der Menschheit geglaubt und gesagt worden.«[17] Nicht fremde Autoritäten, sondern einzig wir selber können unsere Probleme lösen. »Das Leben«, so schreibt er, »stellt jedem eine andere einmalige Aufgabe, und so gibt es auch nicht eine angeborene und vorbestimmte Tauglichkeit zum Leben, sondern es kann auch der Schwächste und Ärmste an seiner Stelle ein würdiges und echtes Leben führen und anderen etwas sein, einfach dadurch, dass er seinen Platz im Leben und seine besondere Aufgabe annimmt und zu verwirklichen sucht. Das ist echtes Menschentum und strahlt immer etwas Edles und Heilendes aus, auch wenn der Träger dieser Aufgabe in den Augen aller ein armer Teufel ist, mit dem man nicht tauschen möchte.«[18] Solche armen Teufel hat Hesse in seinen Büchern mit Vorliebe gezeichnet.

»Es gibt für uns«, sagt er, »keinen anderen Weg der Entfaltung und der Erfüllung als den der möglichst vollkommenen Darstellung des eigenen Wesens ... Daß dieser Weg durch viele moralische und andere Hindernisse erschwert wird, daß die Welt uns lieber angepasst und schwach sieht als eigensinnig, daraus entsteht für jeden mehr als durchschnittlich individualisierten Menschen der Lebenskampf ... Wie viel Gefahr einer auf sich zu nehmen fähig ist, dafür gibt es keinen objektiven Maßstab. Man muß jedes Zuviel, jedes Überschreiten des eigenen Maßes büßen, man darf ungestraft weder im Eigensinn noch im Anpassen zu weit gehen.«[19]

»Ich habe meinen Glauben stets auf den Einzelnen gebaut«, betont er, »denn nur der Einzelne ist erziehbar und verbesse-

rungsfähig, und nach meiner Erfahrung war und ist es stets die kleine Elite von gutwilligen, opferfähigen und tapferen Menschen gewesen, die das Gute und Schöne in der Welt bewahrt hat.«[20] ... »Gott hat mit jedem von uns etwas gemeint, etwas versucht. Und wir sind seine Gegner, wenn wir das nicht annehmen und ihm helfen, es zu verwirklichen.«[21]

Hesse ist kein Artist. Seine Schriften kommen nicht aus einem Mutwillen oder Überfluss, sondern aus dem Leiden am Gefälle zwischen den Zumutungen der Zeitgeschichte und dem des persönlichen Gewissens. Seine Dichtungen sind Krisenbewältigung. Und das so genau, so radikal und schonungslos, dass Menschen der unterschiedlichsten Kulturen sich darin wiedererkennen. Doch bieten sie dem Leser mehr als die Misere, nämlich den jedes Mal anderen, spannenden Vorgang, wie sie überwunden werden kann. »Sobald das Leid groß genug ist, geht es vorwärts«, heißt es in der »Morgenlandfahrt«. Und in einem seiner Briefe: »Nehmen Sie Ihr Leid als eine Auszeichnung, als einen Orden, mit dem Sie hervorgehoben werden, als eine Erweckung zu höherem Menschentum.«[22] Hesse zeigt uns den Sinn unserer Krisen, die für ihn keine Krankheiten sind, sondern Anlässe zu innerem Wachstum, zur Weiterentwicklung oder Alarmsignale wie der Schmerz, der ja nicht nur ein Krankheitssymptom ist, sondern zugleich ein Warnruf, um auf bedrohtes Leben hinzuweisen. Das macht ihn zu einem der ganz wenigen Autoren, die uns ermuntern, den neuen Tag mit Zuversicht und Neugier zu beginnen, freilich nach der Devise: »Damit das Mögliche entsteht, muss immer wieder das Unmögliche versucht werden.«[23]

Hinzu kommt seine Sprache. Er schreibt ein klares verständliches Deutsch mit dem nach Goethe reichsten Wortschatz, wie amerikanische Germanisten bei der Erstellung von Computer-Konkordanzen des Vokabulars der deutschen Klassiker festgestellt haben. Der Vitalität seiner Inhalte entsprechen Ausdrucksreichtum und Deutlichkeit. Er ist einer der seltenen Schriftsteller, die das Schwierige einfach und das Komplizierte verständlich darzustellen vermögen. Das halten nicht wenige Philologen für rückständig. Was andere Autoren vorsichtig in oft rätselhaften Metaphern verbergen, spricht er direkt und unverschlüsselt aus. Das macht seine Bücher unabhängig von den Deutungen der Interpreten und nötigt mehr zur Beherzigung der Inhalte, um derentwillen sie geschrieben wurden, als zu Spekulationen über das möglicherweise Gemeinte. Das macht einen Autor nicht gerade attraktiv für Literaturwissenschaftler, die ja in der Regel nur das für bedeutend halten, was auf ihre Deutung angewiesen ist. Die Sinnlichkeit, Musikalität und bildnerische Präzision seiner Darstellung wirkt unmittelbar. »Er kann, was nur wenige können«, bemerkte der sonst eher scharfzüngige Kurt Tucholsky. »Er kann einen Sommerabend und ein erfrischendes Schwimmbad und die schlaffe Müdigkeit nach körperlicher Anstrengung nicht nur schildern – das wäre nicht schwer. Aber er kann machen, dass uns dabei heiß und kühl und müde ums Herz ist.«[24] Und immer weisen Hesses Darstellungen über das nur Literarische hinaus in die verschiedensten Lebensbereiche hinein. Deshalb werden seine Bücher heute mehr von Psychologen, Pädagogen, Musik- und Religionswissenschaftlern und Ökologen diskutiert als von Literaturwissenschaftlern.

Lassen Sie mich dafür ein merkwürdiges, aber charakteristisches Beispiel geben. 1997 erreichte mich ein Anruf aus Italien. Es meldete sich das Umweltministerium von Venedig. Ob ich mir dort eine Hermann-Hesse-Veranstaltung zur Rettung der Lagune vorstellen könne und unterstützen würde? Dass nicht ein Goethe-Institut, ein germanistisches Universitätsseminar, sondern ausgerechnet eine südeuropäische Umweltbehörde sich für diesen deutschen Autor interessierte, war bezeichnend. Als ich nach den Gründen fragte, sagte man mir, kein anderer Dichter habe den Farbenzauber des ehemals noch intakten Gewässers, die Lichteffekte der Lagune, die durch die submarine Vegetation des Brackwassers entstehen, so eindrucksvoll geschildert. Deshalb wolle man Hesses Reisetagebücher von 1901 vortragen, sie durch eine Bilddokumentation und sachkundige Referate begleiten lassen, um in der Bevölkerung ein Bewusstsein zu wecken, dass nun endlich etwas getan werden müsse, um die Lagune zu retten, die mittlerweile so stark durch Schadstoffe beeinträchtigt sei, dass sie umzukippen drohe. Die Veranstaltung fand statt, großzügig plakatiert in ganz Venedig unter dem Titel: »Hermann Hesse e i colori della lagune« und hatte beachtlichen Zulauf. Ob es etwas genutzt hat, darf man bezweifeln. Aber das sind Impulse von Literatur, die immerhin vitaler sind als Debatten um die Bedeutung des Kommas bei Kafka.

Auswirkungen wie diese findet man auch auf ganz anderen Gebieten. Wo immer in den letzten Jahrzehnten alternative Bewegungen entstanden, wurde Hermann Hesse gelesen als Identifikationsfigur der Hippie-Bewegung, als Vermittler zwischen den westlichen und östlichen Kulturen. Hatten Hesses Vorfahren noch versucht, die asiatischen Länder zu kolonisieren und zu christianisieren, ist ihm selber das Gegenteil geglückt: die westlichen Industrienationen mit den asiatischen Weltbildern bekannt zu machen und mit seinem »Siddhartha« einen Buddha zu schaffen, der nach Henry Millers Meinung den historischen Buddha übertrifft. »Das ist eine ungeheure Tat«, schrieb Miller, »Siddhartha ist für mich eine wirksamere Medizin als das Neue Testament!«[25] Hesses Ermunterung zu außerparlamentarischer Zivilcourage ließ ihn dann auch zu einem Schrittmacher der APO werden. Sein ganzheitliches, antimaterialistisches Weltbild machte ihn bald darauf zum Vorläufer der New-Age-Bewegung und der Erziehungsreformen, während er heute als einer der geistigen Väter der Ökologie-, der Umweltinitiativen und antiautoritären Bewegungen verstanden wird.

Alle seine Bücher sind Ermutigungen zu humanem Widerstand: bei der industriellen Vergewaltigung der Natur, der dummstolzen Verdrängung der Probleme auf unserem Planeten durch nationalstaatliche Ambitionen im Weltraum, bei der rücksichtslosen Gleichschaltung des Einzelnen in unserem Wettbewerbssystem. »Wir sehen die Weltgeschichte«, schrieb Hesse vor 60 Jahren, »in hypertrophen Staatsgebilden, in sinnlosen Materialschlachten, in der Ausrottung unzähliger Tier- und Pflanzenarten, dem Hinwelken des Schönen und Wohltuenden im Bild der Städte und Länder, im Gestank der Fabriken, dem Erkranken der Gewässer und nicht minder im Erkranken und Hinwelken der Sprachen, der Werte, der Worte, der Denk- und Glaubenssysteme hinsiechen. Und dass diesem still und rasch sich beschleunigenden Zerfall eine blendende Hochentwicklung der technischen Intelligenz und Leistung gegenübersteht, dass wir uns von der Zentrifuge des mechanisierten Daseins in den Weltraum schleudern lassen können, das scheint mehr den Massen als den Denkenden ein Trost zu sein.«[26] Das ist, wie alles von Hesse, leicht zu lesen und schwer zu leben. Für ihn waren Ethik und Ästhetik noch keine Gegensätze. Es gibt wenige Dichter, die auch den Turbulenzen der Politik auf vergleichbar integre Weise widerstanden haben, besonders den Verlockungen der ideologischen Patentrezepte. »Habt ihr denn nie gemerkt«, schreibt er 1933, »daß ich Programme und fertig formulierte Gesinnungen nur darum ablehne, weil sie den Menschen so unendlich verarmen und verdummen?«[27] ... »Das Gleichschalten, und sei es auch noch so wohl gemeint, geht wider die Natur, es führt zu Fanatismus und Krieg.«[28] ... »Jeder Mensch ist etwas Persönliches und Einmaliges, und an Stelle des persönlichen Gewissens ein kollektives setzen zu wollen, das heißt schon Vergewaltigung und ist der erste Schritt zu allem Totalitären.«[29]

Hesses humanitärer Einsatz für die Opfer solcher Politik: im Ersten Weltkrieg durch die Gründung einer Zentrale für Kriegsgefangenenfürsorge zur Unterstützung Hunderttausender von Internierten, seine lebenslange Hilfsbereitschaft für politisch Verfolgte und bedürftige Kollegen, denen er die Einnahmen aus seiner Aquarellmalerei zur Verfügung stellte, ist einzigartig. Auch sein neidloser Einsatz für die Werke seiner Kollegen in annähernd 3000 Lektüre-Empfehlungen und sein riesiges Briefwerk, das wir jetzt in einer zehnbändigen Ausgabe erschließen, machen ihn neben Stefan Zweig und Thomas Mann zu einer singulären Figur in der deutschen Literaturgeschichte. Thomas Mann hat ihn denn auch als den ihm »nächsten und liebsten« seiner Schriftstellerkollegen bezeichnet.

Hermann Hesse zählt zu den wenigen Autoren, die gelebt haben, was sie als Dichter vertraten. Er balancierte nicht über den Dingen, sondern ist verletzbar geblieben bis an sein Lebensende. Dennoch ist er, trotz aller scheinbaren Aussichtslosigkeit im Kampf gegen die Trägheit und Engherzigkeit der Menschen und ihrer Politik, darüber nicht wie mancher andere Autor zum Zyniker und Nihilisten geworden. Das zeigt auch eines seiner späten Gedichte, worin es heißt: »Scherbenberg und Trümmerstätte / Ward die Welt und ward mein

Leben. / Weinend möcht ich mich ergeben, / Wenn ich diesen Trotz nicht hätte, / Diesen Trotz im Grund der Seele, / Mich zu stemmen, mich zu wehren, / Diesen Glauben: was mich quäle, / Müsse sich ins Helle kehren. / Diesen unvernünftig zähen / Kinderglauben mancher Dichter an unlöschbar ewige Lichter, / Die hoch über allen Höllen stehen.«[30]

Lassen Sie mich schließen mit einem vor mehr als 90 Jahren entstandenen Gedicht, worin er im Bild eines verschnittenen Baumes etwas von unserer heutigen Lage vorwegnimmt und uns dennoch Mut macht, den Mut nicht zu verlieren:

Gestutzte Eiche

Wie haben sie dich, Baum, verschnitten,
Wie stehst du fremd und sonderbar!
Wie hast du hundertmal gelitten,
Bis nichts in dir als Trotz und Wille war!
Ich bin wie du, mit dem verschnittnen,
Gequälten Leben brach ich nicht
Und tauche täglich aus durchlittnen
Rohheiten neu die Stirn ins Licht.
Was in mir weich und zart gewesen,
Hat mir die Welt zu Tod gehöhnt,
Doch unzerstörbar ist mein Wesen,
Ich bin zufrieden, bin versöhnt,
Geduldig neue Blätter treib ich
Aus Ästen, hundertmal zerspellt,
Und allem Weh zum Trotze bleib ich
Verliebt in die verrückte Welt.[31]

1 Hermann Hesse, »Sämtliche Werke« (SW). Herausgegeben von Volker Michels, Frankfurt am Main 2001-2005, Bd. 15, S. 803
2 Online-Zeitschrift http://faustkultur.de
3 SW 10, S. 574 f.
4 Hermann Hesse, »Ausgewählte Briefe«, Frankfurt am Main 1974, S. 346
5 SW 3, S. 235
6 SW 12, S. 48
7 SW 10, S. 405
8 »Briefwechsel Hermann Hesse – Jakob Schaffner«. Herausgegeben von Christof Wamister, Zürich 2009, S. 31
9 SW 15, S. 221
10 SW 15, S. 220
11 SW 15, S. 269
12 Hermann Hesse, »Gesammelte Briefe«. Herausgegeben von Ursula und Volker Michels, Frankfurt am Main 1979, S. 53
13 »Gesammelte Briefe« 1986, a. a. O., Bd. 4, S. 131 f.
14 »Ausgewählte Briefe«, a. a. O., S. 75 f.
15 Aus einem Brief vom Herbst 1919 an Carl Seelig
16 »Ausgewählte Briefe«, a. a. O., S. 27 f.
17 »Gesammelte Briefe«, a. a. O., Bd. 4, S. 130
18 »Ausgewählte Briefe«, a. a. O., S. 199
19 »Ausgewählte Briefe«, a. a. O., S. 462
20 »Ausgewählte Briefe«, a. a. O., S. 467
21 »Ausgewählte Briefe«, a. a. O., S. 199
22 »Ausgewählte Briefe«, a. a. O., S. 62
23 »Gesammelte Briefe«, a. a. O., Bd. 4, S. 386
24 Kurt Tucholsky, »Gesammelte Werke«, Hamburg 1960, Bd. 1, S. 183
25 Siegfried Unseld, »Hermann Hesse – Werk- und Wirkungsgeschichte«, Frankfurt am Main 1987, S. 115
26 SW 20, S. 350 f.
27 SW 15, S. 524
28 SW 12, S. 555
29 »Gesammelte Briefe«, a. a. O., Bd. 4, S. 119
30 SW 10, S. 375
31 SW 10, S. 269

Volker Michels an seinem Arbeitsplatz im Hesse-Editions-Archiv

Volker Michels, geboren 1943 in Villingen, wurde als Herausgeber zahlreicher Editionen von zu Unrecht vernachlässigten Autoren des 18. bis 20. Jahrhunderts bekannt, insbesondere des umfangreichen literarischen, brieflichen und bildnerischen Nachlasses von Hermann Hesse.

Michels verbrachte die Gymnasialzeit in der Schule Schloss Salem und studierte nach dem Abitur Medizin und Psychologie in Freiburg und Mainz. 1969 engagierte ihn Siegfried Unseld, der Verleger des Frankfurter Suhrkamp und Insel Verlags, als Lektor für deutsche Literatur, wo er fast 40 Jahre tätig war. Neben seiner Redaktionsarbeit veröffentlichte er dort und in anderen Verlagen etwa 150 thematische Editionen und betreute die Werke von Ernst Weiß, Friedrich Michael, Martin Beheim-Schwarzbach, Ernst Penzoldt und Robert Walser. Darüber hinaus initiierte er die bei S. Fischer erschienenen Werkausgaben von Stefan Zweig und Manfred Hausmann.

2013 wurde Volker Michels von der Heinrich-Heine-Universität, Düsseldorf mit der Ehrendokterwürde und 2014 mit dem Ehrenpreis der Calwer Hermann-Hesse-Stiftung ausgezeichnet.

Schwerpunkt seiner publizistischen Aktivitäten war von Anfang an die Erschließung der unveröffentlichten Werke des 1946 mit dem Nobelpreis ausgezeichneten Hermann Hesse. In Sammelbänden wie »Politik des Gewissens« und »Die Welt im Buch« legte er erstmals die in etwa 60 in- und ausländischen Zeitungen und Zeitschriften verstreuten politischen und kulturkritischen Schriften des Dichters vor sowie zahlreiche Briefwechsel, Themen-, aber auch Materialienbände zur Entstehungs- und Wirkungsgeschichte seiner Werke und Sammlungen der wichtigsten Sekundärliteratur. Mit einem 2007 erschienenen Registerband schloss Michels die erste, 21 Bände umfassende Hesse-Gesamtausgabe ab, die etwa das Doppelte von dem umfasst, was der Dichter zu Lebzeiten in Buchform vorgelegt hat. Seit 2008 arbeitet Michels an einer auf 10 Bände angelegten Ausgabe von Hermann Hesses Briefen, die als Ergänzung der »Sämtlichen Werke« konzipiert ist. Zwei, die Jahre 1881 bis 1904 und 1905 bis 1915 dokumentierende Bände sind unter den Titeln »Ich gehorche nicht, und werde nicht gehorchen!« sowie »Aus dem Traurigen etwas Schönes machen« anlässlich des 50. Todestags des Dichters bereits erschienen.

Volker Michels verfasste darüber hinaus zahlreiche Essays zu literarischen und kunsthistorischen Themen. Sie führten ihn auf Vortragsreisen durch Europa, in die USA, nach Südamerika, Japan und Indien. In seinem Wohnort Offenbach am Main hat er in Zusammenarbeit mit Hermann Hesses Sohn Heiner Hesse und seiner Frau Ursula Michels-Wenz ein von Forschern aus aller Welt benutztes Hermann-Hesse-Editionsarchiv aufgebaut und 1990 im Auftrag des Deutschen Literaturarchivs Marbach in Hesses Geburtsstadt Calw das dortige Hesse-Museum konzipiert und eingerichtet.

3. Auflage 2014

www.editionfaust.de

Gestaltung: Bayerl & Ost, Frankfurt
Druck: Druckhaus Köthen, Köthen (Anhalt)
Printed in Germany
ISBN 978-3-9815893-2-0